KB086479

만이

FIRSTBORN by Louise Glück
Copyright © 1968, Louise Glück
All rights reserved.

Korean Translation Copyright © 2022 by Sigongsa Co., Ltd.
This Korean translation edition is published by arrangement with The Wylie Agency
(UK) LTD.

이 책의 한국어판 저작권은 The Wylie Agency (UK) LTD와 독점 계약한 ㈜시공사에 있습니다.
저작권법에 의해 한국 내에서 보호를 받는 저작물이므로 무단 전재와 무단 복제를 금합니다.

F i r s t b o r n

맏이

루이즈 글릭 시집
정은귀 옮김

시공사

일러두기

● 본문의 이탤릭체는 원서에서도 이탤릭체 또는 대문자로 표기된 부분이다.

● 외국 인명·지명·작품명과 독음은 외래어표기법에 따랐다.

스탠리 쿠니츠를 위해

차례

III. 코튼마우스의 나라 COTTONMOUTH COUNTRY

I.

알

THE EGG

시카고 기차

THE CHICAGO TRAIN

내 자리 맞은편에 탄 사람들은 모두
별 움직임이 없었다: 팔걸이에다가 헐벗은
해골을 기댄 아저씨, 아이는 머리를
엄마 다리 사이에 파묻고 잠이 들었다. 독(毒)이
공기를 바꾸어 여길 장악했다.
그렇게 그들은 앉아 있었다—마치 죽음보다 먼저 마비가
그들을 거기 못 박아 둔 것처럼. 철로는 남쪽으로 휘고.
나는 보았다 그녀 가랑이에 뛰는 맥박을…… 아기 머리에 뿌리
내린 머릿니를.

알

THE EGG

I

모든 게 차에 들어갔다.

차에서 잤다, 잠을 잤다

모래 언덕 묘지의 천사들처럼,

다 가 버렸다. 일주일치 고기가

상했다. 완두콩들은

꼬투리에서 킥킥거렸고: 우린

몰래 다녔다. 그때 에드거타운에서

나는 들었다 내 창자가

아기 침대 속으로 굴러가는 걸⋯⋯

대서양에서 속옷을 빨면서

태양의 바다에 닿았다

그때 빛은 물을 삼킬 것처럼

부풀어 올랐다.

에드거타운 이후에

우리는 다른 길을 갔다.

II

저 멀리 멸균기 너머로

그의 큼직한 손들이

모여든다, 육식성이다,
사냥감을 잡으려 한다. 그 아래
하얗게 뚝뚝 떨어지며, 그 막대기에
발가벗겨져 열리면서,
나는 보았다 램프등 여럿이
그의 안경으로 모여드는 것을.
드라마민. 당신은 그가
나를 강탈하도록 놔뒀지. 그런데
얼마나 오래? 얼마나 오래?
수술용 나이프들 너머로 나는 보았다
내 몸이 종이 결로
찢어진 것처럼 뻗어 있는 것을.

III
매일 밤 대양이 내 인생을
깨물고 있는 것만 같아. 주입구 옆,
구비진 포구 속
여기서, 계속해서. 안전하지 않아.
계속해서, 당신 숨결에
파문처럼 번지는 버번위스키

속에서 무감각하게
나는 묶고 있다……
해변으로는 물고기들이
들어오고 있다. 껍질도 없이,
지느러미도 없이, 대가리가
아직 붙어 있는 헐벗은
집들, 다른 쓰레기들과
함께 차곡차곡 포개진다.
껍질들, 껍질들. 달덩이들이
헐떡거리는 홍합들 사이로
입안에서 후루룩 거린다.
살은 튀겨지고. 또 행성처럼
날아다니는 파리들, 꽉 다문 껍질들이
파도의 성포(聖布)들 사이로
무턱대고 딸깍거리고……
그것이
알을 낳고 있다. 보라. 뼈들이
항복하려고 구부리고 있다.
캄캄하다. 캄캄하다.
아기 살점들을

담으려고 그가 우묵한 통을 가지고 왔다.

추수감사절

THANKSGIVING

방마다, 예일대 출신의 이름도

없는 남부 소년에 안겨 있는

내 여동생이 있었다 펠리니 테마를 부르며

여기저기 전화하면서,

우리는 걔가 되는대로 벗어 놓은 부츠들을 옮기고는

앉아서 술을 마셨다. 밖은, 이십

구도, 길 고양이 한 마리가

현관 앞 차도에서 풀을 뜯으며

쓰레기를 찾고 있었다. 양동이를 긁기도 했다.

다른 소리는 없었다.

하지만 계속해서 그 거대한 위로의 성찬이 준비되어

난로 쪽으로 옮겨졌다. 엄마는

손에 꼬치들을 들고 있었다.

나는 엄마 주름진 피부를 가만히 바라보았다

엄마가 자기 젊은 날을 그리워하듯 포크에 꽂힌 죽음 위로

양파 조각들이 눈처럼 내리고 있었다.

망설이다 부르네

HESITATE TO CALL

네가 나를 던져 버리는 걸 보려고
살았어. 그물에 걸린 물고기처럼
내 안에서 싸웠네. 네가 내 걸쭉한 점액 속에서
펄떡이는 걸 보았어. 네가 잠이 든 걸 보았어. 이걸 보려고 살았어.
그 모든 것 모든 게 변기 물로 내려가 버린 걸
그 쓰레기가. 끝이 난 건가?
그것은 내 안에 산다.
너는 내 안에 산다. 악성이다.
사랑아, 넌 늘 나를 원하네, 그러지 마.

사월에 내 사촌

MY COUSIN IN APRIL

진파랑 하늘 아래, 뒷마당 우툴두툴한 루바브 사이에서

내 사촌은 아기와 함께 쪼그리고 앉아 아기 민머리를 쓰다듬으며

깔깔거린다. 창문으로 둘이서 바질을 뽑고 있는 게 보인다,

반짝이는 벽돌도, 사철 쑥 가득한 비단 같은 땅에서 나온

적갈색 흙을 뽑다가 그들은 길쭉한 차고 그늘 아래서

쉬고 있다. 요리조리 사촌이 아기한테 구부릴 때마다

어떤 가닥들을 부채질하는 섬세한 에메랄드빛이

내 사촌의 무릎을 스친다.

나는 사촌의 둘째 아이를 위해 스웨터를 짜고 있다.

그 수많은 저녁 시간 내내 그녀가 화가 나서 침대를 흔들어 대는

걸 못 들은 사람처럼

그녀가 그 울화에 갇혀 지낸 몇 년의 시간을 짐작도 못 하는 것

처럼……

오, 하지만 그녀 몸속에서 그 난리는 다시 돌아와야 했지. 제비

꽃 속에서,

진달래 속에서. 오고 있는 그 모든 정원을 돌고 또 돌아서

이제 내 사촌은 자기 아들과 함께 내가 잡으려고 잠시 멈춘 걸

스쳐지나간다, 막 돋아나는 풀밭 위, 그 이른 새싹들의 모습을.

잃어버린 아이를 돌려보내며

RETURNING A LOST CHILD

아무 움직임 없다. 우리 안에서,
선풍기의 부서진 꽃이 흐느적흐느적
흔들린다, 철사 줄 흘리면서, 그녀의 얇은
팔은, 파리끈끈이처럼, 그 소년을 휘감고 있다……
이윽고, 출입구를 막으며, 혀로
아이스캔디 뚱뚱한 막대를 빨면서 그는 보고 있다
내가 다른 방을 찾고 있을 때, 목발에 매달린
아버지, 깨어나길 기다리는 아버지를……
이제 고마움으로 짜낸 여자의 레모네이드가
내 컵에 담긴다. 그녀는 다 쓴 화장지를
끝도 없이 골라서 티끌로 만든다, 줄곧
그 남자를 빤히 바라보며, 딸깍 소리 들으며,
텅 빈 기둥을 빙빙 도는 남자의 뇌가 딸깍이는 소리.

노동절

LABOR DAY

그의 팔에 사랑스런 뭔가가 필요했기에
나를 코네티컷주의 스탬퍼드, 자기 가족의 농장
비슷한 곳에 데려갔다; 나중에는 찰리의 뚱뚱한
여자 친구를 태워 오고, 그러면서 주말용으로
세 번째 남자에게 나를 노리개로 넘기려 했다.
그래도 토요일엔 우린 여전히 짝이 되었다; 풀이
축축해져 흐물흐물해질 때까지 제멋대로
풀이 나 있는 그 넓은 땅을 가로질러 시간을
보냈다. 나와 같은. 존스턴-아기, 아직도 보인다,
복슬복슬 뭉개진 클로버, 까끌까끌한 씨앗들 가시 털과
끝없이 작은 방울들 토해 내는 깊은 목초지들. 너 개자식.

상처

THE WOUND

공기가 딱딱하게 굳는다.
침대에서 나는 엉킨 파리 떼,
귀뚜라미들이 키득키득
장난치는 걸 바라본다. 지금
날씨는 너무 끈적끈적하다.
하루 종일 눈앞에 있는 것처럼
고기 굽는 냄새를 맡는다. 당신은
책 속에 콕 박혀 있다.
당신은 당신 일을 한다.
여기 내 침실 벽은
페이즐리 무늬, 배아들이 꾸민
음모 같다. 나는 여기 누워서,
그것이 발차기 하길 기다린다.
내 사랑. 내 세입자.
덤불이 폭신하게
자라나 꽃 피우고 씨앗 뿌린다.
울타리가 몽글몽글 커져서
씨앗 뿌리고 달빛이 망사를
통과하듯이 흐르고 있다.
끈적거리는 커튼. 옆집 커플과

스크래블 놀이를 하면서 나는
당신이 빈칸을 꼭 쥐고 있는 걸 보았다.
그들은 둘 다 넴뷰탈을 먹는다,
진통제 말이다.

그렇게 나 못 박혀 버렸다. 끄덕끄덕
수긍해달라며, 조심스레 가 버리고서,
당신은 내 머리 위로 충실하게도 어른거린다. 나는
눈을 감는다. 그러니 이제
그 감방은 제자리를 찾았다:
잘 익은 것들이 빛에 흔들린다,
식물의 일부들, 이파리
조각들……
당신은 시트로 아기 침대를
덮고 있다. 내 느낌으론
끝이 없다. 끝이 없다. 그게 내 안에서
꺼져 버렸다. 아직도 그건 살아 있다.

실버 포인트

SILVERPOINT

내 여동생은, 대서양이 굽이굽이 휘며
철썩이는 그 옆에서, 빛을 흡수하고 있다.
여동생 너머로, 바닷말 둘둘 감긴, 큰 파도들이
줄지어 만나고 헤어지고, 바닷새들 둥글게 날며 포말을
일으킨다. 바람이 가라앉는다. 그녀는 변화를 금방 느끼지
않는다. 시간이 걸릴 것이다. 내 여동생은,
잠깐씩 뒤척이며 수건을 정리하고,
불 밑에서 닭처럼 갈색이 된다.

십이월 초 크로턴-온-허드슨에서

EARLY DECEMBER IN CROTON-ON-HUDSON

뾰족한 햇살. 얼음으로

잘려 나간 허드슨강. 나는

바람에 날리는 자갈들의 뼈다귀 주사위가

딸각거리는 소리를 듣고 있다. 본-

팔레, 최근에 내린 눈이

모피처럼 강에 꼭 붙어 있다.

꼼짝도 않고. 우리는 크리스마스 선물들을

전하려고 떠나던 참이었는데 작년 그때

타이어가 터져 버렸다. 죽은 밸브 위로 폭풍우에

꺾인 소나무들이 서 있었다, 나뭇가지들 다 헐벗고……

나 당신을 원해.

II.

가장자리
THE EDGE

가장자리

THE EDGE

몇 번이고, 몇 번이고, 나는
내 심장을 침대 헤드보드에 묶는다,
그러는 동안에 내 누벼진 울음들이
그의 손에 닿아 딱딱해진다. 그는 따분해한다 —
나는 그걸 본다. 꽃다발 물에 안 넣고 나 그가 주는
뇌물들을 핥고 있지 않지? 그가 핏물 어린 로스트구이에 돌진해서 자비롭게도
한 덩어리씩 나누는 걸 나는 성모님 레이스 너머로 본다…… 아이들 때문에
내 다리에 바싹 붙인 그의 허벅지를 느낄 수 있다. 보상인가?
아침마다, 이 집과 함께 불구가 되어서,
나는 그가 자기 토스트를 굽고 자기 커피를
얼버무리듯 음미하는 걸 본다. 그 쓰레기가 나의 아침이다.

할머니는 정원에서

GRANDMOTHER IN THE GARDEN

내 딸의 개울가 버드나무 아래엔
풀이 지렁이들과 같이 동그랗게
말려 있다, 그리고 세상은 밋밋한 집들이
진짜인 양 그럴싸하게 페인트칠 되어
마주하며 서 있는 거리로 가늠된다.
롱 아일랜드의 취한 여름 해는
펜을 들고 찡찡거리는 손자 너머로
그 비어 있는 소매들에서 어떤 무늬를
따라 낸다. 나는 내 인생보다 오래 살았다.
노란 햇빛이 오크나무 이파리에 선을 그린다,
아이의 변함없는 변화에 녹아내린 그 구불구불한
덩굴에도. 아이들은 다들 자기 남편들의 손을 갖고 있다.
내 남편은 피아노 위 아기처럼 대머리 툭 튀어나온 모양새고,
내 거대한 남자. 나는 눈을 감는다. 내가 던져 버린
모든 옷들이 내게로 돌아온다, 딸들의 속옷들,
그 구멍들도…… 그것들은 떠다닌다; 나는 그 얇은
여름용 순면이 대기처럼 떠다니는 걸 보고 있다.

전쟁 중 사람들 사진

PICTURES OF THE PEOPLE IN THE WAR

나중에 내가 그 차양을 당기겠지 그리곤

이 액체가 생명을 종이에서 끌어내게 하겠지.

방법을 말하면서. 네게 장비를

보여 주는 대신에 먼저 나는 그에 대한

내 시각을 공유하겠지: 거기 정착액에

잠겨 있는 그 머리의 각도, 그와 짝을 이룬

그 텅 빈 영혼; 보다시피, 그것은 속도와

조명으로 완성되는 것, 그렇지만 내 요점은 누구도

경험으론 그처럼 가까이 누구에게 다가가진 않는다는 것.

내가 찍었지, 이 사진들 전쟁 중인 사람들 사진,

약 일 년 전에—그네들 손은 내게로 열리고 있었지, 마치

언어처럼; 뒤에는 탱크들과 집들이 부옇게 있었고.

카레이서의 미망인

THE RACER'S WIDOW

악천후가 어우러져 배려가 되었다.
제비꽃들이 진흙과 잡초 위에 발작처럼
솟아나고 곧 새들과 옛사람들이
도착하기 시작하겠지, 중요 지점을 남쪽으로
옮겨 가면서. 하지만 신경 쓰지 마. 그의 죽음을 의논하는 건
고통스럽지 않아. 난 이 일을 대비해 왔어, 이별을 위해,
그토록 오래. 하지만 여전히 그의 얼굴은 나를
공격하네, 나는 차가 다시 기울며 달리는 소릴 듣네, 잠 속에서
사람들은 아스팔트 위에서 서로 엉기고. 그를 바라보면서 나는
내 다리들을 눈처럼 더듬네, 그가 거기 누워 소진될 때
마침내 그를 놓아주는 눈처럼. 또 그가 그 사랑스런 몸을
어떻게 해서 지키지 못했는지도 나는 보네.

눈물 흘리는 여왕의 초상화

PORTRAIT OF THE QUEEN IN TEARS

내 아버지, 돌아가신 그 별이, 언젠가 그러셨지,
아들아, 아버지 내게 말씀하시길, 아들아, 그러는 동안에
아버지 새끼손가락 위에선 에메랄드 행운이 낑낑거리고,
새틴은 아버지 어깨에서 뒹구네,
최근의 아내와 함께였지,
뚱뚱한 부적응자, 그렇게나 그녀는 제법 솔직하게
나를 자기 롤스로이스 안에 소유하려 했지
내 어머니 뮤리엘은 그때 흘러넘치는 옷자락으로
정원에서 파티가 끝나기도 전에
그들의 계단을 넓혔지.
거기서―나를! 나를!―오, 금방
구워낸 멕시코에서 온 검은―그들이 나를 붙잡아
새벽까지 혼자 노래하게 했지
새벽에 연주자들은 멀리 떠나고,
수영장은 희미하게 일렁이는 병아리들로 물거품 일고……
수영장을 지나, 그 고요한 풀밭에
캐노피들 너머로 아버지의 예전
프로듀서가 솟아오른 자기 언덕에 꽃잎들 흩뿌렸고
그때 엄마는 다리 위로 거즈처럼 얇은 소녀의
몸을 받치고 있었지…… 내가 항상 이렇게 살지는 않았어,

알지? 그럼에도 불구하고 스팽글 장식된 중요한 과거는
비명을 지르는 이 밤들과 재난들을 견딜 수 있게
하고. 당신한테 하는 말은 아니야. 아니, 당신, 사랑,
나의 지난 번 저택 뒤 잔디 마당에 있던
소품들처럼 서로 엮여서 둘씩
짝을 지은 댄서들만큼 즐겁네,
그게 어디에 있든지, 아니면 내가 그랬던 것처럼
내 어머니의 아들들이 일어나 나를 위해
개처럼 흔들곤 했지, 이런저런 제안을 하고,
여자들은 머물던 곳에서 흘러나와
열광하고…… 그 시절 나도 한때는 탐나는 재산이었어.

신부의 장식품

BRIDAL PIECE

우리 신혼여행

그는 우리를 물로

가꾸었다. 삼월이었다. 달이

탐조등처럼 휘청거렸다, 마치

내 머릴 가로지르는 그의 중얼거림처럼—

그는 자기 식으로 하는 사람. 해변 아래로

젖은 바람이

코를 골았고…… 나는

나의 순수를 원해. 문간에 식구들이

얼어붙어 있는 게 보여

지금, 변함없이, 변함없이. 식구들 밥이 그의 차

주변에 꾸덕꾸덕하다. 그는 우리 침낭을

재미 삼아 트렁크에 잠가 두었다, 나중엔, 깊은

끄트머리에. 로커웨이. 잠결에 그가 나에게 손을 뻗네.

거울에 비친 내 이웃

MY NEIGHBOR IN THE MIRROR

노망 든 게 분명한 *M. 교수님*이
복도 건너편에서 자기 산문과 시 모음들을
정리하고 있다. 조금 전에 한바탕 쇼핑을 하고
돌아오다가 나는 그가 바닥에 세워 둔 거창한 반신 거울 앞에서
잠시 포즈를 잡고 있는 걸 보았다.
계단에서 마주치는 걸 피할 수 없었기에
나는 터놓고 웃는 게 제일 좋다고 생각했다,
몰지각의 측면에서 우리 둘이 같은 지분을
가진 것처럼. 하지만 그는 공들인 연출로 고갤
까닥했고 장미 야자의 그 무한한 공손함은
엉터리 사기성 인사로 피어났다. 어쨌든,
최근엔 그의 스케줄에 변화가 생겼다. 그는 이제 열정 없이
받아들인다, 그가 남긴 쓰레기로 미루어 보아, 그는 오트밀 외에
는 거의 아무것도 안 먹는다.

동트기 전 내 인생

MY LIFE BEFORE DAWN

가끔 밤에 생각하곤 해 우리가 그걸 어떻게 했는지,
나를 강철처럼 그녀 안에 못 박고서, 줄무늬
등고선 시트에 대한 그녀의 과도한 열정
(나중에 난 그걸 태워 버렸는데) 그게 나를 기쁘게 해
내가 그녀에게 말했지―구운 빵을 부엌에서 자르다가―
그녀는 늘 너무 많이 했어―그녀에게 말했지, 미안해요, 당신
몫이 있는데. (그녀의 착색제가 내 머리에 말라 있는 걸 발견했어.)
그녀는 울어 버렸지. 아직도 내 악몽을 설명하지 못하겠는데:
그녀가 어떻게 효모 반죽처럼 나 왔어, 소리 지르며
현관으로 밀어닥치는지, 이 모든 시절 뒤,
생생한 색으로 돌아오는, 사랑.

혼자인 그 숙녀

THE LADY IN THE SINGLE

대서양이 두툼하고 널찍한 모래밭에
폐품을 보관하려고 솟아오른 거기
에드거타운에서 달팽이와 소라처럼
격리되어, 그 현학적인 사람들이

만나서 티를 마신다, 난장판 속에서
나는 이 주변을 고요히 유지해 나갔다
산더미처럼 쌓인 더미들,
해파리, 그 아래 물속으로

힘겹게 걸음 옮기며. 하지만 나는 보았다
큰 파도에 다시 흘러나온 그 미끈한
귀환을. 내다 팔 수 있을 정도로 윤기가 나.
그 배부른 호텔. 수줍고 눈이 나쁜

선원이 한때 이 근처에서, 나를 사랑했는데.
칠월에 우리가 머물렀던 여름 별장은
그 해엔 새하얬고, 지붕의 널이
벗겨져 있었다: 그는 눈이 잘 안 보여서

키스도 힘들었는데, 그래도 식구들과
크로케 경기를 하려고 나름 애썼다―흡사 소녀처럼,
꽃들에 버금가는 꽃들에 버금가는 부케 다발 위에서
머리를 풀어헤친 소녀. 나는 그 기억 다 잊었다고

생각했는데. 그런데 그의 유령이
구이 냄비 위 연기 속에서 형체로 나타났다.
오 년. 어둠 속에서 내던져진 그 심장은 안드로메다처럼
빈둥거린다. 아무도 전화하지 않는다.

지하철의 절름발이

THE CRIPPLE IN THE SUBWAY

한동안 나는 내가 그것(그 다리)에
익숙하다고 생각했다, 소리도 거의 듣지 못했다
나무, 시멘트, 등등 위로 그처럼 단단히 꽂히는
단단히 꽂히는 쇠막대기 소리, 그래서 그 기억들
거의 사라졌다고 혼자 생각하곤 했다,
탁탁 줄넘기 소리 같은, 또 자전거 같은
내 여동생 아래로 흐르던 그 자전거,
빛을 정지시켰던 자전거, 내 쇠쇠보다
더 환한 붉은 크롬으로 번쩍이며
얼얼하게 뒤로 구부러졌지, 혹은
밀려드는 공포로 불타는 이 구덩이를
스쳐 휘감는 그 아침보다 더 환하게, 또
쉼 없이 반짝이는 그들의 가느다란 부츠,
그 모든 새끼 염소 가죽보다 더 환하게.

간호사의 노래

NURSE'S SONG

내가 속은 것만 같다. 그 가녀린 몸은 내게 눈과 귀가 있다는 걸
잊어버린다; 자기 남자친구들이 그 아이한테 덤비게 하다니.
오늘 오후 그녀가 말했다, "아기한테 코바늘로 뜬 그 드레스를
입히세요." 그리곤 웃었다. 바로 그거다. 떠나면서, 그냥
웃기만 했다. 그녀는 여기에 없다. 아 순수여, 너의 욕조는
소문으로 꽉 막혀 있다, 그녀는 침몰하는 배,
너의 엄마다. 자기 젖가슴을 망치진 않겠지. 네 귀먹은
아버지가 티를 달라 야단하는 소리가 들린다. 잘 자, 잘 자,
나의 천사야, 네 오렌지색 곰에 고이 자리 잡고서.
그녀의 애인이 네 머리를 쓰다듬거든 소리라도 질러라.

잠깐

SECONDS

열망했다, 텅 빈 채 너무 오래
떠나 있었기에, 그가 가졌던 것, 단단함을
(반쯤 자란 내 아들) 아직도 나를
그 반지, 그 축복 쪽으로 빨아들인 그 단단
함을. 그게 그 애에게 어떤 병인지
난 알고 있긴 해도: 진 속에서 느긋이 머물며
그는 어떤 반지르르한 위협을 묶어서
내 팔과, 내 말들을 비틀어 버릴 것이다―내 아들은
모든 걸 보면서 문간에 꼿꼿하게 서 있다,
그리고 그 빠른 주먹이 갈긴다, 내 유일한
아이를, 내 생명을…… 내가 돌보는, 내가 돌보는.
이웃들이 그들의 시선으로 내게 다가오는 걸
나는 바라본다. 이제 케이크와 함께 그들의
하얀 얼굴이 커다랗게 컵 위로 떠돈다; 그들은 웃는다.
자기들 티를 홀짝홀짝 빨아 마시는 침몰한 여자들……
나는 이 불을 위해 내 집이 불타오르도록 놔둘 것이다.

꽃필 때 우리 대장이 보낸 편지

LETTER FROM OUR MAN IN BLOSSOMTIME

동쪽에서 부는 바람은 가끔
에메랄드 깃털 달린 고사리들을 휘젓는다
레이 이모 낡아빠진 부채를
떠올리게 한다 그 부채도 전성기에는
분명 깜박깜박 빛났을 것인데.
검은 눈의 수잔들이 블루베리 테를 두른다. 진열한다,
하지만, 바깥쪽에 다 있다. 우리 살림살이의 그토록
순전한 소박함을 내가 설명해 보도록 하지. 물이
쿨럭쿨럭 하더니 두 싱크대 모두 나온다,
얼음처럼 차가워; 천장에
얼룩덜룩 무늬를 남기며, 물이 새는 관습은 어떤 날씨에도
기어이 우리 집의 주인을 만든다. 모든 게 삐걱인다:
마룻바닥, 셔터들, 문. 아직도, 우리의 사기를
적당히 유지시킬 수 있는 매우 적절한 풍경이 우리에겐
있다. 심지어 마가렛조차도 몰딩 안에 쥐구멍들을 내고 있으니,
아주 속 시원하게. 하지만 아 친구야, 나는
예전의 통찰력이 아직 있다구. 어젯밤,
그 어느 때보다도 더 날카롭게, 그녀의 하얀
팔뚝이, 저녁 식사와의 무자비한
싸움에서 헐벗겨져, 나를 뚫어 버렸다; 나는

그 조개껍데기들 속에서 비너스를 보았다, 다듬어지지 않은
보티첼리: 그렇게나 진실에 기반한 행복을 나는 알지 못했다.

감방

THE CELL

(프랑스 루둔의 어슐린 수녀원 원장, 잔느 데 앙주, 1635년)

그게 늘 거기 있어요. 내 등이
불룩 튀어나와요 리넨 사이로: 하느님이
나를 망가뜨렸어요—안내하기에
부적합하게 되었지만, 제가 안내를 해요.
그들은 고요히 자기들 일을 하고요.
나는 오후의 정원을
거닐어요, 누가 내 습관 밑에
망상을 숨겨 두었나요,
내 자아는 비어 있었으니…… 하지만 *그가 그리*
한 걸요, 네.
　　　　우리 아버지,
여기 누워서, 나는 듣는답니다,
태양이 화강암을 스쳐 지나며 대기 속으로
삐걱대는 소리를요, 아직도 안은 밤이고요.
나는 숨어서 기도하지요. 새벽이 오면,
혼자 온갖 방법으로, 저는 느낄 수 있어요,
그 손가락들이 내 위에서 다시 축복처럼
휘젓고 있는 것을, 어둠 속에서 고요히
그 헐벗은 등이 올라앉는 것도요.

섬사람

THE ISLANDER

내 보물, 내가 너를 *부르고 있네.* 이러려고
이걸 위해 이 몇년을 여행한 건 아니었어.
너는 지하도에서 닭을 쫓아다니며 괴롭히고,
밤들은 골목길에서 구부러져 있네 모두
그 한 줌을 얻기 위해…… 오, 미어지는 가슴,
의자에 꼼짝없이 묶여 있네.
저녁 식사는 어둠 속에서 얼어붙고 있어.
그러는 동안 나, 나의 왕자, 나의 왕자……
너의 과일이 환해지네.
네 손이 포도를 잡아당기는 걸 나는 지켜보네.

프로방스에서 온 편지

LETTER FROM PROVENCE

그 다리가 사진에 잘 나오는
그 짧은 시간 외에 당신은 아마
더 흥미로운 자료를 발견하게 될 거요.
칠월의 태양은 늘 그렇듯
그대의 교황 성하의 섬세한 도시를
돋보이게 하지요, 화강암을 금빛으로
바꾸면서 말이오. 그때 슬럼가는 멈추오,
똥으로 꽉 막혀서. 그래도 여전히
거기 아이들은 아주 적대적이진 않아서;
가끔은 가장 눈부시게
미소를 내놓곤 하지요. 그 아이들에게
나는 햇빛에 말랑해진 초콜릿을 주었는데,
아이들은 초콜릿엔 가까이 가려 하지
않더군요. 그 아이들이 사랑을 먹고 산다고 들었어요.

동굴에서 온 메모

MEMO FROM THE CAVE

오 사랑아, 너 밀폐된 새,

나의 갈색-쥐

변명들은 거꾸로 매달려 있고,

나무판자에

달랑거리는 주전자들과 함께

나는 요리할 닭이 없네;

내 거짓말들이 바닥에 식구들처럼

기어 다니고 있어 하지만 그 애벌레들은

이 둥지를 떠나지 않을 거야. 나는

절망이 당신 자리 밑에서

섹스를 하게 하네

우리의 누빔 이불이

젖어 들도록 하네, 그래서 그게 끝나면

그 진물 나는

손가락들의 썩은

냄새가 어른거리네.

맏이

FIRSTBORN

몇 주가 지나고. 나는 그들을 그냥 봐둔다,
그들은 다 똑같다, 뚜껑을 딴 수프 통조림처럼……
콩들은 솥 안에서 시큼하다. 나는 외로운 양파가
기름 범벅으로 오필리아처럼 떠다니는 걸 본다:
기운 없는 당신, 숟가락을 만지작거린다.
이제 어쩌려고? 내 보살핌이 그리운가요? 당신 정원은
장미들의 병동으로 익어 가고, 일 년 전 스탭 수녀들이
나를 휠체어에 태워 통로로 내려가던 때처럼……
당신은 못 봤지요. 나는 봤어요,
전향한 사랑을, 당신 아들을,
온실에서, 굶주림으로, 침을 흘리는……

우리는 잘 먹고 있어요.
오늘은 정육점 주인이 잘 갈은 칼을 돌려
송아지를 잡네요, 당신 좋아하는 것. 나는 내 인생으로 값을 치
릅니다.

그 힘이

LA FORCE

지금의 나를 만들었다.

회색, 그녀의 꿈의 부엌에 착

달라붙은, 뼈들 사이에서, 이렇게 흠뻑

젖은 버드나무들 사이에서 구근 하나 박으려고

쪼그리고 앉았다: 나는 그녀의 작은 땅을 돌본다. 그녀의 자존심

또 그녀의 기쁨 그녀가 말했다. 나는 자존심이 없어.

잔디가 가늘어지네; 물을 너무 많이 줬어,

그녀의 늦은 장미들은 연장 창고 너머 비료에 그만

속이 매스껍다. 이제 카드들도 다 잘렸다.

그녀는 먹을 수도 없고 계단을 올라갈 수도 없다—

내 인생은 봉인되어 있다. 사냥개를 데리고 그 여자가

올라오지만 그녀는 아무 해를 입지 않을 거다.

내가 그녀를 돌본다.

게임

THE GAME

하지만 나는 몇 년을 이렇게 살았다.

그가 나를 끝낸 후 내내―아스피린처럼 둥근 달을 붙잡았지

그러는 동안, 복도 건너에선, 이상한 사람들의

진심 어린 중얼거림들…… 나의 형벌이 동굴에서 빙빙 도는 걸

보네:

돌고. 또 돈다. 어딘가에 분명히 교훈이

있었어야 해. 제네바에서, 그 동네의 표독스런 창녀는

홀딱 벗고 누웠지, 그녀의 피부에 착 달라붙은

메리야스 천으로 죄를 보속하려고. 기억이 안 나,

내가 본 그 일이 어떻게 일어났는지. 그곳은 더러웠고. 그녀는 앉

아서

그 사람들이 노크할 때까지 자기 발을 곧추세우곤 했어. 세관처

럼. 그냥 기다리곤 했어.

III.

코튼마우스의 나라
COTTONMOUTH COUNTRY

코튼마우스의 나라

COTTONMOUTH COUNTRY

물고기 뼈들이 걸어서 해테라의 파도들을 잠재웠다.
죽음이 우리에게 구애한, 물가에서, 또 육지에서
우리에게 구애한,
다른 징후들도 있었다: 소나무 사이
이끼 위에서 뒹굴던 몸을 감지 않은 코튼마우스는
오염된 공기 속에서 길러졌다.
죽음 말고, 탄생은, 힘겨운 상실이다.
나는 안다. 나 또한 거기 허물을 벗어 놓고 왔으니.

낸터킷에서 죽음을 딛고
경이롭게 살아남은 이들

PHENOMENAL SURVIVALS OF DEATH IN NANTUCKET

1.

여기 낸터킷에서 그 자그마한 영혼은
바다를 마주한다. 하지만 이 성분은 낯선 토양이 아니다;
나는 바다를 내 마음, 괴로운 부분의
연장으로 본다, 파도, 마음의 파도라고,
낸터킷에서 그들이 간질로 그 헐벗은 해변에
쓰러졌을 때다. 나는 본다
숄을 걸친 형상 하나를, 내가 잠들어 있을 때 "우리 인생은
탄생과 죽음의 기적 사이에 있는
가닥이다. 나는 성녀 엘리자베스다.
내 바구니 안에는 칼이 있다"라 말하는 형상을.
잠에서 깨어 나는 본다, 낸터킷을, 그 익숙한 땅을.

2.

잠에서 깨어 낸터킷을 본다, 이렇게 울리는 목소리와 함께라면
나는 당신에게 조종을 울릴 수 있다, 저 아래 보이는 지역의 징
표를:
셋째 날 밤에, 허리케인이
왔다; 나의 성녀 엘리자베스는 오지

않았고 어떤 것도 그 굳건한 종말에서 빌려 온
배를 막을 수는 없었다. 번개로 움푹 파인
파도가 나의 느슨해진 돛대를 쏘아 올리면서
아래로 곤두박질치고, 내가 뒤따라간다. 그들은 네게 말하지 않고
다만 산호로 변해 버린 뼈들만이 버려진 보물 속에서
여전히 냄새를 풍기고 있다. 조개껍데기 속에서
당신이 듣는 소리를 나는 그냥 지나쳤다.

3.

조개껍데기에서 당신이 듣는 소리, 그 굉음을 지나,
진정한 바닥이 있다: 악명 높은 평온이다. 의사는
문을 닫고 나를 앉히고 밧줄들을 잡았다,
총기들은, 손이 닿지 않는 곳에, 그리곤 부푼 희망으로
약속했다, 성녀 엘리자베스는 음식 조금 혹은
자선용 꽃만 지니고 있었다고, 또 나는 낸터킷의 휴양지 섬 밑에
파묻히지 않았다 거기선 바닷가에 사는 동물들이
비교적 평화롭게 공존의 삶을 산다.
파리들, 달팽이들. 잠결에 나는 이것들을 보았다
대지와 대기의 편안한 천사와 같은 존재들을.

새벽이 낸터킷 바다의 그 넓게

4.

빛나는 희디 흰 몸으로 올 때,

나는 다른 건 기억하지 않고 다만 목걸이 로켓을 찰 것이다

안에 내 애인의 머리카락을 넣어서

신부처럼 걸어갈 거다, 그를 내 안에 입고 있을 거다.

이 얕은 곳에서부터

바다의 자비는 팽창한다.

내 첫 번째 집은 이 모래 위에 지어지게 되겠지,

나의 두 번째 집은 바다 속에.

부활절 시즌

EASTER SEASON

소리가 거의 없다…… 다만 작은 나무들의 불필요한 동요만
있을 뿐, 향긋한 온도가 우리 해안에 방부제처럼
드리울 때. 나는 사람들이 종려나무를 들고 물밀듯 나오는 걸
보았다. 웨체스터에서는 크로커스가 암처럼 퍼지고.

이것은 나의 죽음이 될 것이다. 나뭇잎들이 다가오는 걸 느낀다,
사방에서 또 위에서 어떤 징조가 위태롭게 다가오는 것도.
그건 진짜가 아니다. 초록색 씨앗 꼬투리, 얇은 새싹의
연회색 껍질이 하강한다. 나머지는 부활한다.

조각들

SCRAPS

우리 집에는
암호가 있었다.
자물쇠처럼; 그들은 말했다
우린 너한테는 절대로
문을 잠그지 않아.
정말로 그랬다.
그들의 침대가
서 있었다, 욕조처럼 티 없이……
나는 매일 거길 지나갔다
이십 년 동안, 그러다
내 길을 갔다. 내 일은
시간을 표시하는 일. 일곱 살 때
엄마 무릎에서 거리를 배우며
내가 직접 본 책들에다
유물을 붙이는 일.
내가 좋아하는 아버지 사진은
마흔 가까운 아버지를 보여 준다,
맏이의 텅 빈 얼굴 위로
그의 얼굴은 서정적이다.
흔한 기적이다.

나무 위의 집

THE TREE HOUSE

양동이가 썩은 줄에 매달려 있다,

우물이 습지로 헹구어진 곳,

빙글빙글 둘러쳐진

갈대밭이 사슴 섬으로 날아가고 섬은

서리 내린 산성 지역 한가운데 있다: 산딸기

따는 곳. 하루 종일 나는 땅이 큰 바다 속으로

부서지는 걸 지켜보았다. 한참 전에 일어난 일,

그리곤 가 버렸다─없는 것─부서진 둑의 일부는

자기들 방식으로 가거나, 혹은 가라앉는다, 뻗어 나가는 물.

얼마 안 남았다. 이 창문을 지나, 여기선

엄마의 바질이 샐러드에 익사했는데,

나는 우리 과수원을 볼 수 있다, 새들을 꼭

껴안고 있는 발삼나무들도. 바질은 그냥 방치했는데

무성해졌다. 내 방을 열어라, 나무들아. 아이가 왔다.

자오선

MERIDIAN

롱아일랜드해협이
잠이 들었다: 늘어진 빛 속에서
작은 만을 따라 바람 한 점
바스락거리지 않고
일요일에 나오는 두 돛단배가
보일 듯 말 듯 멈춰 서서
견디고 있다,
마비, 혹은 평화다,
뭐라도 좋다, 그리고 지쳐 버린 해는
옅은 안개에 붙어 있는 날벌레들을 지나
가라앉고, 진창 같은 바다 위로
모기들이 잔물결처럼 날고 있다.

늦은 눈

LATE SNOW

칠 년이나 나는 지켜보았다 옆집 부인이
텅 빈 짝을 산책시키는 걸. 어느 오월 그는 고개를 돌려 보았다
번데기 한 마리가 크리넥스 생물체를 낳는 걸:

그것들이 뭔지 그는 잊어버렸다. 하지만 기분 좋은 날이면 그녀는
그를 데리고 왔다 갔다 한다. 또 그에게 몸을 구부린다.
그는 휠체어에서 꾸르룩 소리 내더니, 마침내

지난 가을에 세상을 떠났다. 새들이 올해에도 곧
돌아올 거라고 생각한다. 민달팽이들은
눈 때문에 다 사라져 버렸다. 그래도, 늘 그렇듯,

그녀는 자신도 젊진 않았다. 그의 무게를 그런 식으로 밀다 보니
다리가 성치 않게 되었음이 틀림없다. 늦은 눈은 울새나무를
껴안는다. 그게 오는 걸 난 보았다. 엄마는 자신의 알들 위에서
시든다.

플로리다로

TO FLORIDA

그 잔혹한 작은 집들이

남쪽으로, 아래쪽 땅으로,

흘러갔다. 캐롤라이나를 지나,

거기선 욱신거리는 구름들 아래로

꽃들이 피어나기 시작했고, 그들이 우리를 먹여 살렸다

차가운 음식들이, 공짜로. 우린 선택의 여지가 있었다.

아래로는, 계절들이 뒤틀리고; 세월이

필름처럼 뒤로 감긴다, 그 방을 향해,

그리고 실수가 드러난다,

소리 없이, 벗기려고. 표지판에

불이 들어온다. 복도 건너편에는

노인이 자다가 씰룩거리고. 그의 마음은

시간 속에서 단단해질 것이다. 그의 건강은

종점에서 그를 만날 것이다.

노예선

THE SLAVE SHIP

사장님: 수익을 낼 항해가

포츠머스 가까이 왔는데 우리는

잘 하지 못했네요. 바람이 줄곧

우리 항로에 시비를 걸고 매일 선원들은 칭얼거리는 것 같아요

싱싱한 여자의

살이나 피를 원하니까요. 남는 게

하나도 없어요; 이번엔 이유 있는 공포를 느낍니다. 다른

뉴스는 전혀 없어요. 일주일 전에

우리는 아프리카인들을 가득 쟁여 놓은 상인과 거래했어요,

내가 알기론 왕족이었는데 그들의 피부는 내 선원들의 눈에

공포를 박았지요—저의 뜻과 달리 그들은 배에 올라탔어요, 그
리곤

조지아에서 떠난 느린 새벽에 배에 실은 금을

다 훔치고선 그 살아 있는 화물을 죽여 버렸어요.

동지

SOLSTICE

유월 끄트머리. 해가
친절해진다. 새들은 해안에서 담긴
맑은 공기의 흐느낌 속에 뒹굴고…… 비-
현실적이다. 비현실적이다. 나는

화면에서 흩어지는 그 약을 본다. 밖에선,
이웃집 새끼가, 돼지우리 속에서 졸면서,
배부른 괴물을 쪽쪽 빨고 있다, 시간이
있다면. 이제 종말이 시작된다:

포장된 단어들. 그는 자기 욕구를 다시 가르랑거린다.
나머지는 텅 비어 있다. 취해서, 완전히
눈이 먼 채로, 그녀는 자물쇠 문까지 비틀비틀 걷는다,
기저귀들을 지나서. 일하는 크리스마스다,

한 해의 정확하고,
끔찍한 상승이, 얼음 속에서 절정에 달한다.

작은 만

THE INLET

말문이 막힌다. 대양을 여행하는 돌이
청록색을 돌려주고; 작은 동물들은 잡초 아지랑이에
반짝인다, 씨앗 꼬투리의 이런 저런 순서가
썩은 덩굴 위에서 완벽한 섬세함으로 달그락거리고.
내 손가락 사이로 뭐가 빠져나가고 있는지 나는 안다.
해테라에서 돌들은 진흙으로 미끈거렸다.
석양이 스테이크 피처럼 새어 나오다가,
가라앉고, 내 동료는 내 손가락에
자기 손가락을 걸어 흔들었지. 우즈 홀,
에드거타운, 빗속의 포도밭,
비가 내리지 않는 포도밭, 우스터의 눈처럼
석탄 나라의 가스처럼, 뿜어 나오는 비.
풀과 황금 막대기가 내게로 온다,
밀크위드가 나를 덮는다, 갈대도. 하지만 이 수수께끼는
이름이 없다: 덩굴손처럼 엉켜 있는 엄마 머리카락에다
눈 먼 아기가 주먹을 꼼지락하려 애쓰는 걸
나는 보았다, 바람을 쐬는 거다. 대기는 타오르고,
해초가 수조에서 쉬익쉬익 소리를 낸다.

　　파도치는, 지구의 가장자리 옆에서,

죽음으로 가는 태양의 수레바퀴 앞에서,

나는 무서운 꿈을 꿨고, 새들의 소음을

뚫고, 그 소음, 이별하는 사초의 허리케인은

위험한 소강상태에 이르렀다.

하얀 수초들, 하얀 파도의 하얀

머리 껍질들이 지워지는 빛에 흩어진다.

그리고 오직 나, 사드락만이, 살아서 멀쩡하게 돌아온다.

새터날리아

SATURNALIA

해가 바뀐다. 늑대는 자기 젖꼭지를 되찾는다,
이 밀랍 인형들, 그 영원한 도시를 지나서
전쟁은 제국을 갉아먹는다.
우리 차례는 끝났다. 귀족이
봉기하는 건 로마 방식이 아니다: 별 볼일 없는 베르킨게토릭스
는
북쪽 방향으로 자기 의지를 다진다. 별이
탄생했다.   시저는
원로원 건물 위에 있는 자신의 횃대에서 코를 곤다.

이게 역사다. 얼음이 배관을 막고; 내 친구여,
나는 일어나 대리석 위에다
서리를 내린다, 사람들이 여기서 어떤 징조로 받아들이는
냉기 위에도. 그 신화는 수축한다. 위안을 얻고자
모든 출연진이 일을 회피하고 기도한다.
심판을 준비하며. 심판은 실패한다. 일 년,
이십 년―우리는 길을 잃었다. 이 달에 축제들이 시작된다.
번영을 보장받으려고 우리가 바치는 기름 뚝뚝 듣는 칠면조를
시늉만 하는 노예들이 빨아먹고 있다.

맏이

초판 1쇄 인쇄일 2022년 11월 29일
초판 1쇄 발행일 2022년 12월 8일

지은이 루이즈 글릭
옮긴이 정은귀

발행인 윤호권
사업총괄 정유한

편집 구민준 **디자인** 박지은(표지) 김지연(본문) **마케팅** 정재영 명인수 윤아림 김솔희 이아연
발행처 ㈜시공사 **주소** 서울시 성동구 상원1길 22, 6-8층(우편번호 04779)
대표전화 02-3486-6877 **팩스(주문)** 02-585-1755
홈페이지 www.sigongsa.com / www.sigongjunior.com

글 ⓒ 루이즈 글릭, 2022

이 책의 출판권은 ㈜시공사에 있습니다. 저작권법에 의해
한국 내에서 보호받는 저작물이므로 무단 전재와 무단 복제를 금합니다.

ISBN 979-11-6925-360-4 03840
ISBN 979-11-6925-438-0(세트)

*시공사는 시공간을 넘는 무한한 콘텐츠 세상을 만듭니다.
*시공사는 더 나은 내일을 함께 만들 여러분의 소중한 의견을 기다립니다.
*잘못 만들어진 책은 구입하신 곳에서 바꾸어 드립니다.

만이

F i r s t b o r n

맏이

옮긴이의 말 각별한 '당신의 첫'에게_정은귀

시공사

각별한 '당신의 첫'에게

정은귀

첫 걸음

《만이》는 1968년에 출간된 루이즈 글릭의 첫 시집이다. 이 시집은 자그마치 스물여덟 번의 거절 끝에 나왔다. 책을 아이의 탄생에 가끔 비유하는 시인들의 생각을 빌려 말하면, 실로 엄청난 기다림이요 고통스런 산고 끝에 탄생한 첫 시집이다. 28. 그 숫자는 많은 것을 생각하게 한다. 시인으로 첫 시집을 내는 것의 지난함과 그럼에도 포기하지 않는 끈기와 인내. 상대적으로 글릭보다 조금 앞선 동시대 여성 시인들은 첫 시집과의 만남이 그처럼 어렵지는 않았다. 미국 여성시사의 중요한 획을 그은 시인 에이드리언 리치(Adrienne Rich, 1929~2012)는 첫 시집 《세상의 변화》(A Change of World)로 예일 청년시인상을 받았고, 실비아 플라스(Sylvia Plath, 1932~63)는 첫 시집 《거상》(The Colossus and Other Poems)으로 문단의 주목을 받는다. 앤 섹스턴(Anne Sexton, 1923~74) 또한 산후우울증을 극복하기 위해 쓴 시들을 모은, 자신의 정신병원 경험을 적나라하게 담은 첫 시집으로 문단에 일대 충격을 던졌다. 이 시인들에 비해서 시인으로서 글릭의 첫 시작은 쉽지 않았다.

하지만 스물여덟 번의 거절을 거쳐 첫 시집이 출판된 때 글릭의 나이는 불과 스물다섯. "크로커스가 암처럼 퍼지고"(〈부활절 시즌〉)라며 시절의 우울과 불안, 병증을 짙게 드리운 첫 시집은 문단의 큰 환영을 받지는 못했지만, 미국 시단의 거장 로버트 하스(Robert Hass)는 "고통으로 가득 찬 단단하고도 예술적인 시집"이라며 이 시집의 장점을 정확하게 짚어 말했다. 자칫 태어나지도 못하고 사라질 수도 있었을 시집이 나온 52년 후에 시인은 노벨문학상을 받는다. 짧고 겸손한 수상 연설에서 시인은 시인됨의 축복을 아무것도 아닌 사람으로 살아가는 일의 축복에 비유한다. 곧이어 시인은 열세 권째 시집을 펴낸다. 각별한 글릭의 '첫'이 너무 늦지 않게 독자와 만나게 되어 참 기쁘다.

1943년 뉴욕에서 태어나 롱 아일랜드에서 자란 글릭은 어린 날 할머니가 읽어 주던 윌리엄 블레이크(William Blake)의 시들을 기억한다. 헝가리계 유대인 이민자였던 부모님은 문학과 교육에 관심이 커서 어린 글릭에게 많은 책을 읽혔고, 십 대 때 조숙한 시인은 자신이 쓴 시를 잡지에 투고하기도 했다. 청소년기에 극심한 섭식 장애로 오래 고통을 받은 글릭인데, 억압적인 엄마로부터 독립적인 존재가 되고자 나름 애쓴 고투의 결과라고 이야기한다. 학교를 중단할 결심을 하고서 십 대에서 이십 대로 넘어가는 시절, 7년의 시간을 정신과 치료에 온전히 쏟았는데, 그처럼 상상조차 쉽지 않을 고난을 지나온 이 시절을 글릭은 자기 생애 가장 위대한 경험 중 하나라고 이야기한다. 정상적인 대학을 다니지 못하고 사라 로런스 대학(Sarah Lawrence College)과 콜럼비아 대학(Columbia University)에서 비학위 과정으로 창작 수업 몇 과목을 수강한 것이 전부다.

신산한 이십 대의 고민이 짙게 깔린 첫 시집은 우울한 목소리가 지배적이다. 첫 시집 출간 후 시인 스스로도 이 첫 시집에 대해 "모멸감을 느끼고 싶으면" 읽어도 되지만 안 그러면 읽지 말라고 할 정도다. 하지만 독자이자 역자로서, 또 시를 연구하는 학자로서 나는 조금 다른 생각인 것이, 이 시집은 보통 사람들의 신산한 삶과 복잡다단한 시절의 풍경을 응시하는 시인의 시선이 다양한 언어적 실험 속에서 비교적 명료하게 드러나기에 이후 글릭의 시 세계가 뻗어 나갈 방향을 잘 보여 준다. 세상의 밝은 곳보다는 어두운 곳, 아픈 곳, 피 흘리는 곳을 고요히 바라보다가 쿡 찌르는 듯 말하는 시의 목소리는 시인 글릭이 통과한 청춘의 열망과 상처들과 겹쳐지고 동시에 입이 없는 보통 사람들이 거쳐가는 신산한 삶의 현장을 생생하게 보여 준다. 그래서 글릭의 '첫'은 지나쳐서는 안 될 소중한 '첫'이다.

스물여덟 번의 거절 끝에 나온 첫 시집《맏이》에서 노벨문학상 위원회가 상찬해 마지않았던《아베르노》(2006) 사이엔 거의 40년의 시간이 있다. 그 시간 동안 글릭은 꾸준히 시를 썼다. 네 번째 시집《아킬레우스의 승리》로 전미 비평가상(1985)을, 여섯 번째 시집《야생 붓꽃》으로 윌리엄 칼로스 윌리엄스상(1993)과 퓰리처상(1993)을, 그간의 전반적인 시적 성취로 볼링겐상(2001)을 받은 글릭은 열 번째 시집《아베르노》로 PEN 뉴잉글랜드상(2007)을, 또 열두 번째 시집《신실하고 고결한 밤》으로 전미도서상(2014)을 받은 바 있다. 2003년과 2004년에는 미국의 계관 시인을 지냈고, 2016년에는 미국 의회에서 수여하는 인민훈장을 받았으니, 2020년 글릭에게 수여된 노벨문학상은 그 자체로 글릭의 시에 대한 새로운 해석이기보다는 그 긴 세월동안 꾸준히 시를 쓴 시인의 이력을 그대로 인정하는 상으로 의미가 크다 하겠다. 무엇보다 글릭은 서정시가 홀대받는 미국시단에서 서정시의 자리를 굳건히 지켜온 시인이며, 또 서정 주체의 목소리를 여러 방식으로 실험한 시인이다. 평생토록 걸어온 시의 길에서 글릭은 기쁨보다는 슬픔을, 밝음보다는 어둠을 더 오래 응시했다. 그리고 그 시선의 향방은 이미 첫 시집에서부터 선명히 드러난다. 《맏이》가 각별한 당신의 '첫'인 것은 그런 이유다.

마비된 시절의 풍경

첫 시집의 첫 시 〈시카고 기차〉는 어떤 의미에서 시인이 앞으로 걸어갈 그 묵묵한 시의 길을 예감하게 한다. 세상 속 불행의 자리, 고립의 자리를 끝까지 응시하는 시의 시선이다.

내 자리 맞은편에 탄 사람들은 모두
별 움직임이 없었다: 팔걸이에다가 헐벗은
해골을 기댄 아저씨, 아이는 머리를
엄마 다리 사이에 파묻고 잠이 들었다. 독(毒)이
공기를 바꾸어 여길 장악했다.
그렇게 그들은 앉아 있었다—마치 죽음보다 먼저 마비가
그들을 거기 못 박아 둔 것처럼. 철로는 남쪽으로 휘고.
나는 보았다 그녀 가랑이에 뛰는 맥박을…… 아기 머리에 뿌리내린 머릿니를.

〈시카고 기차〉 전문

마치 제임스 조이스(James Joyce)가 《더블린 사람들》(Dubliners)에서 사람들의 마비된 의식을 그려 낸 것처럼, 이 시는 별 움직임 없이 잠든 한 가족을 바라보는 시선 속에서 당대를 사는 보통 사람들의 곤경과 간난, 불행을 간결하게 전한다. "독"이 장악한 도시 공간, 글릭에게 사람이 사는 곳은 도시든 정원이든 들판이든 어떤 정도의 유해함을 지니고 있다. 후에 시인의 대표작이 된 《야생 붓꽃》에서도 들판은 평화와 안정이 깃든 곳이 아니라 독이 퍼진 유독한 공간으로 등장하니까. 생명에 앞서 죽음이, 죽음보다 먼저 마비가 닥친

시카고 기차의 풍경. 꼼짝 않고 곤히 잠든 가족이 지금 어떤 상황인지, 어디로 가는지, 이주민인지, 노동자인지, 왜 이다지도 곤고한지에 대한 구체적인 설명은 지운 채 시는 시절의 풍상을 조용히 그린다. 사람은 마비되었고, 움직임은 사람 대신 남쪽으로 굽어지는 철로에 있다. 철로는 이들을 싣고 남쪽으로 향하는 중이다. 시의 마지막에 이르러 또 다른 작은 움직임이 있으니 엄마의 가랑이에 뛰는 맥박과 아기 머리에 뿌리내린 작은 머릿니다. 이 시선을 뭐라고 말해야 할까, 독이 점령해 버린 마비된 도시에서나마 어떤 생명이, 생명의 움직임이 있다는 것. 죽은 듯한 사람들 위에서 죽은 듯 사는 생명체. 죽음 속에도, 마비된 생명 속에도 이어지는 맥이 있는 것이다.

시집은 총 세 부로 이루어져 있다. 첫 부는 "알"이다. 이 부분을 번역할 때 정말 고민을 많이 했는데, 난자라고 할까 알로 할까, 얼핏 보면 계란 혹은 달걀로도 옮길 수 있는 단어 "egg"를 여러 층위로 고민한 끝에 '알'로 옮겼다. 마비된 도시의 풍경에서 출발하는 1부는 죽음을 껴안은 생명의 문제를 다루고 있고, 그 생명의 모태가 되는 것은 인간의 알을 일컫는 난자만을 이야기하는 것은 아니기에 고민 끝에 좀 더 폭넓은 단어를 선택했다. 또 하나 번역하면서 오래 고민했던 구절은 2부의 네 번째 시 〈카레이서의 미망인〉에서 이다. 봄이 오고 봄꽃이 피어나는 가운데 남편의 죽음을 이야기하는 화자. "그의 죽음을 의논하는 건 / 고통스럽지 않아. 난 이 일을 대비해 왔어, 이별을 위해, / 그토록 오래"인데, 여기서 "그토록 오래" 부분은 원시에선 "for so long"이다. "so long"은 "그토록 오래"라는 뜻 말고 "안녕"의 뜻도 된다. 시인은 이 두 의미를 모두 고려했을 것이다. 남편의 죽음에 대한 아내의 착잡한 마음을 이처럼 날렵하게 이중으로 그려내는 영어를 우리말로 옮기는 게 쉽지 않아서 처음에는

"이별을 위해, / 그토록 오래"로 의미가 겹쳐지도록 번역을 했다가 마지막 순간에 "그토록 오래"로 줄여서 독자가 상상할 수 있는 영역을 넓히는 쪽을 선택했다. 번역은 이토록 끝도 없는 망설임 속에서 간신히 선택하고, 선택한 후에도 돌아보는 일, 그러니 매번의 선택은 역자의 구체적인 시 읽기이자 해석인 셈인데, 어느 하나의 단선적인 의미로 몰아가지 않고 원문 텍스트의 긴장과 복합성을 끝까지 가지고 가자고 끝까지 고심하고 돌아보고 노력하는 떨림이다.

임신과 낙태 등 젊은 날의 어지러운 사랑과 실패, 관계의 아픔 등이 생생하게 그려지는 시들 가운데 햇살처럼 반짝이는 장면들도 보석처럼 숨어 있다. 〈사월에 내 사촌〉은 아기를 낳고 키우는 사촌의 나날을 매우 가까운 시선으로 따라다니는데, 출산과 무관한 듯해 보이는 시의 화자가 사촌을 바라보는 시선에는 착잡함과 애정이 함께 어려 있어 다감하면서도 쓰린 느낌을 준다. "아기와 함께 쪼그리고 앉아 아기 민머리를 쓰다듬으며 / 깔깔"대는 내 사촌. 나이 어린 자매나 후배 혹은 동생이 아기를 키우는 과정을 바라볼 때 흔히 느끼는 안쓰러움이나 자매애를 시인은 어떤 연대의 감정을 고취하지 않고 그저 무심한 듯 그린다. 임신과 출산, 육아의 과정에 대해 흔히 엄마-여성에게 부과되는 이상화나 격려, 혹은 동지애를 불어넣지 않은 무덤덤하나 집중된 관찰이 갖는 힘이 시에 있다. 이 시는 아기를 키우는 자의 울화와 화와 신비를 무심한 듯 다정하게 그리고 있어서 아기에게 집중하는 사촌의 움직임만큼이나 남들이 모르는 저녁의 울화를 놓치지 않는 시인의 시선, 쉽게 감정을 드러내지 않고 끈질기면서도 밀도 있게 관찰하는 그 시선에 탄복하게 되는 시다.

시들은 전반적으로 어둡고 불쾌하고 우울하다. 마치 지금 시대 우리가 직면한 현실을 보는 듯, 생명에는 희망이 없고 사랑에는 살뜰함이 없고 일에는 보람이 없다. 남자와 여자는 각자 자기 일을 하고 더 많이 사랑하는 쪽이 더 많이 사랑하는 사람을 바라본다. 가령 다음의 시, 〈상처〉에서처럼 말이다.

공기가 딱딱하게 굳는다.
침대에서 나는 엉킨 파리 떼,
귀뚜라미들이 키득키득
장난치는 걸 바라본다. 지금
날씨는 너무 끈적끈적하다.
하루 종일 눈앞에 있는 것처럼
고기 굽는 냄새를 맡는다. 당신은
책 속에 콕 박혀 있다.
당신은 당신 일을 한다.

〈상처〉 부분

결혼 생활에서 느끼는 고립과 단절을 일인칭으로 전하며 시작하는 이 시에서 시의 화자는 침실 벽에 새겨진 페이즐리 무늬를 배아들인 꾸민 음모 같다고 말한다. 임신으로 뱃속에 자리를 잡은 태아를 두고 시인은 "내 사랑, 내 세입자"라고 말한다. 세입자를 뱃속에서 키우는 화자. 하지만 시는 행복한 아기의 탄생으로 이어지지 못한다. "그렇게 나 못 박혀 버렸다"(And I am fixed)라는 말로 수술대 위에 팔 다리가 묶여서 고정되어 임신 중지 시술을 연상케 하는 장면이 곧장 나오면서 시의 화자는 내 사랑, 내 세입자를 잃는다. 그게 자발적인 선택인지 불가피한 일로 인한 강제적인 상황인지 독자는 알 수가 없다. 다만 이제 남는 것은 내 사랑, 내 세입자를 떠나보낸 나, 그 몸에 인지하는 어떤 상실의 느낌이다. 이제는 아기가 없는 그 아기 침대를 당신이 시트로 덮고 있고, 나는 "그게 내 안에서 / 꺼져 버렸다. 아직도 그건 살아 있다."라고 말할 뿐이다. 모체 안에서 자리를 틀었다가 사라지는 생명. 임신 중지에 대한 이 시는 임신 중지를 둘러싼 정황보다도 내 몸 안에서 깃들었다가 사라진 세입자를 보내 놓고도 보내지 못하는 모체의 울음 아닌 울음으로 끝난다. 누구도 알지 못하는 뱃속 아기와 엄마의 신비하고도 기이한 유대, 탄생으로 이어지지 못하고 끝내 불행한 상실로 끝나는 그 관계를 이토록 곡진하게 그리는 시는 많지 않다.

1부 "알"에서 그려지는 임신, 임신 중지, 출산을 둘러싼 시들은 당대 페미니즘 운동 진영에서 주장하듯 자기 육체를 둘러싼 여성 주체의 독립된 목소리 찾기와 관련된 것이라기보다는 몸이 다른 몸을 어떻게 깃들이고 또 기르는가의 문제에 초점이 맞추어진다. 또 그 몸에 깃든 몸을 어떤 알지 못한 이유로 잃어버리고 놓치는 상실과 실패한 사랑의 경험이 곡직하고 쓰리게 그려진다. "가장자리"라는 제목으로 전개되는 2부에서도 아슬아슬한 결혼 생활의 비애가 주를 이루면서 1부의 불안한 풍경이 계속 이어진다.

아침마다, 이 집과 함께 불구가 되어서,
나는 그가 자기 토스트를 굽고 자기 커피를
얼버무리듯 음미하는 걸 본다. 그 쓰레기가 나의 아침이다.

〈가장자리〉 부분

한 남자와 한 여자가 만나서 행복한 미래를 설계하고 별일 아닌 것에도 깔깔 웃어대는 그 청춘의 신혼은 어디에 있는가. 때마침 하와이에서 신혼여행 사진을 찍어 올리는 갓 결혼한 제자의 웃음을 물끄러미 바라보던 나는 글릭의 첫 시집에 그려지는 이 불행이 어디에서 온 것일까 상상한다. 남자가 있는 집과 함께 불구가 되는 나. 그리고 안다. 이 의식은 그만의 것이 아니고 1960년대 집안의 천사로 틀어 박혀야 했던 수많은 여성들의 것이란 것을. 남자와 여자가 똑같은 방식으로 사회적 자아를 발현할 수 있는 조건이 갖추어지지 않은 시절에 여성들은 남자보다 더 재능이 있는 경우라 해도 그 재능을 발휘하지 못하고 남자의 말을 받아 적는 타이피스트가 되어야 했다. 시인이 될 여성이 다림질을 하고 남자의 심부름을 하는 현실. 그런 현실에서 여성은 가정 안에서 천사가 되기를 강요받지만 자기의 꿈을 억누르면서 가정의 천사가 되는 것도 쉬운 일은 아니다. 집 안에서조차 가장자리로, 구석으로, 아슬아슬한 존재의 끝자락으로 내몰리기 때문이다. 그 점에서 이 시의 제목이기도 하고 2부의 제목이기도 한 가장자리는 여성이 내몰린 존재 조건 자체를 말한다.

〈할머니는 정원에서〉도 여성은 가정 안에서 자리가 없다. "아이들은 다들 자기 남편들의 손을 갖고 있다. / 내 남편은 피아노 위에 있는 아기처럼 대머리 툭 튀어나온 모양새고" 이런 구절들에 이르면, 가정의 중심이고 천사인 여성이 아니라 자기 배로 낳았지만 남편과 닮은꼴인 아이들 속에서 모든 노동을 짊어지고 버티며 서 있는 외롭고 고단한 한 인간이 보인다. 흡사, '그래, 너네는 다 정 씨지. 나만 다른 성이지'라고 가끔 농담인듯 진담인 듯 툭 던지시곤 하던 내 어머니의 목소리가 환청처럼 들리는 것 같다. 완고한 아버지의 논리 앞에서 말문이 막힐 때, 참고 지나온 삶이 새삼 억울하게 느껴

질 때, 동의를 구하는 일에 딸들이 냉정한 중립을 취할 때, 엄마는 그렇게 자기 몸으로 낳은 아들딸들이 아비의 성을 물려받은 족속임을 선언하곤 하신다. "내 거대한 남자. 나는 눈을 감는다. 내가 던져 버린 / 모든 옷들이 내게로 돌아온다, 딸애들 슬립의 / 그 구멍들도" 딸들의 순면 속옷의 구멍을 보는 시선이란……. 이십 대에 이런 시를 쓰는 사람은 대체 어떤 감수성을 가진 존재인가. 무엇이 그를 이토록 조로(早老)하게 만들었나. 오십 대에 이르러서야 겨우 이해하는 엄마의 고독과 가끔 마주하는 나는 엄마의 그 고립감조차 생경하고 받아들이기 힘들어, "엄마, 우리가 있는데 왜 외로워?" 하는데, 이십 대의 청청한 청춘이 말한다. 엄마는 딸들의 속옷에 나는 구멍을 보는 존재라고. 자지러지는 여름날 대기에서 그토록 쉽게 뚫리는, 아니 뚫릴 만반의 준비가 된 청춘의 딸들의 그 허술한 구멍의 목소리를 듣는 존재라고.

〈카레이서의 미망인〉이나 〈전쟁 중 사람들 사진〉 등 글릭이 그리는 첫 만이의 시절에는 청춘 속에 그늘이, 생명 속에 죽음이, 환희 속에 고통이 있다. 글릭의 첫 시집에 대해서 고백시파의 아류라고 하는 비평가들은 손쉽게 '무엇무엇이다'라고 규정하기보다는 고백이란 것이 뭔가에 대해 처음부터 다시 들여다볼 필요가 있다. 이 첫 시집에는 이후 시집들에서 꾸준히 드러나는 목소리의 변주가 이미 드러난다. 글릭의 '나'는 여자이면서 남자이고 아이이면서 어른이고 아픈 노년의 엄마를 돌보며 엄마의 엄마가 되어 버린 딸이면서 또 아들-사위다. 글릭의 모든 '나'는 글릭의 것인 동시에 글릭의 것이 아니다. 시인 자신과 가장 먼 지점에서 시인이 환기되기도 하고 시인과 가장 가까운 지점에서 그 시절의 다른 여성들의 삶이 자연스럽게 이입되는 것은 그런 이유다.

토닥거리는 신혼 시절의 재미와 줄다리기가 그려지는 시 〈동트기 전 내 인생〉은 의뭉스럽고 발랄하게 젊은 남녀의 혼인 생활을 그리면서 남성 화자의 목소리를 취하고, 사랑에 빠졌다가 혼자가 된 사람이건 실연을 했든 결혼 생활을 간신히 이어가든, 다양한 화자들의 목소리를 통해서 시인은 당대의 풍경을, 인간사의 지난함을, 사랑의 허망함을, 그럼에도 불구하고 포기할 수 없는 그 젖은 자리를 응시한다. 후기 시집에서 드러나는 이야기꾼의 면모, 가장 진솔한 자기 이야기를 하는 것 같은 서정 주체가 실은 복화술사의 마술을 부리고 있음이 이 첫 시집에서 감지된다. 가장자리에 내몰린 듯 위태하지만 집을 지키는 젊은 엄마가 바라보는 아이와 남편, 혼인 생활이 어쩔 수 없이 짐 지운 책무들은 다음 시에서도 잘 드러난다.

얼룩덜룩 무늬를 남기며, 물이 새는 관습은
어떤 날씨에도 기어이 우리 집의 주인을 만든다. 모든 게 삐걱인다:
마룻바닥, 셔터들, 문. 아직도,
우리의 사기를 적당히 유지시킬 수 있는 매우 적절한 풍경이 우리에겐
있다. 심지어 마가렛조차도 몰딩 안에 쥐구멍들을 내고 있으니,
아주 속 시원하게. 하지만 아 친구야, 나는
예전의 통찰력이 아직 있다구. 어젯밤,
그 어느 때보다도 더 날카롭게, 그녀의 하얀
팔뚝이, 저녁 식사와의 무자비한
싸움에서 헐벗겨져, 나를 뚫어 버렸다;

〈꽃필 때 우리 대장이 보낸 편지〉 부분

김소연의 시 〈격전지〉를 연상하게 하는 치열한 대치가 이 시에

있다. 남자와 여자가 결혼을 하고 함께 가꾸어 가는 그 집에서 진정한 주인은 누구인가? 남자인가, 여자인가, 아이들인가, 천장에 새는 물인가, 몰딩 안에 나는 쥐구멍인가. 모든 게 삐걱이는 집에서 사랑도 사랑의 결실도 한물 간 속수무책일 뿐, 무자비한 싸움에서 무방비로 뚫리는 내 존재의 취약함은 어떤 소중한 것들도 일거에 아무것도 아닌 것이 될 수 있다는 허망함만이 삶의 진실임을 이야기한다. 우리 각자는 결국 우리의 열망 안에 갇힌 존재이기에.

그 이야기를 시인은 먼 나라의 과거의 역사를 뒤져서 전한다. 17세기, 프랑스 루둔의 어슐린 수녀원 원장, 잔느 데 앙주를 그린 시 〈감방〉은 오도된 열망이 얼마나 무참한 희생을 낳는지, 그러고도 그 희생이 의뭉스레 감추어지는 그 이상한 열망의 자리를 응시한다. 〈동굴에서 온 메모〉도 그 기이한, 알 수 없는 열망을 잠시 거리를 두고 들여다보게 만든다. 사랑이 아닌 절망이 만드는 섹스. 첫 시집의 표제 시이기도 한 〈맏이〉는 시어머니를 바라보는 며느리의 입장과 아들을 바라보는 엄마의 입장이 아프게 교차한다. "우리는 잘 먹고 있어요. / 오늘은 정육점 주인이 잘 갈은 칼을 돌려 / 송아지를 잡네요, 당신 좋아하는 것. 나는 내 인생으로 값을 치릅니다."의 이 목소리는 참으로 완고한 인내심으로 이 생을 견딘다. 마치 '그래, 두고 보자, 저는 참을 인 자로 갚아드리겠습니다'라고 하는 듯,

나와 당신과 우리 모두인 이야기

이처럼 글릭의 시에는 다양한 화자들이 다양한 목소리로 등장하여 모두의 이야기인 내 이야기를 하고 간다. 절망 속 비통한 나날

을 건디면서도 통곡하며 목 놓아 울지 않는 글릭의 목소리들. 3부에서 대서양을 면하고 있는 미국 동부의 다양한 도시들, 항구들의 이름을 통해서 글릭은 자기 시를 낳은 그 지리와 문화를 우리에게 가까이 안내한다. 멜빌의《모비 딕》의 산실이기도 한 낸터킷에서 죽음의 냄새를 맡고, 그 죽음 속 평화를 감지하고, 부활절 인사를 건네는 웨체스터에서는 도처에 피어나는 봄꽃이 마치 암종과도 같이 불길하다. 젊은 날의 부모님을 그리는 시 〈조각들〉에서 맏이인 나는 오히려 표정을 잃고 있고 젊은 날의 아버지는 오히려 싱그럽다. 면도날처럼 예리하고 불같은 시기를 건너는 청춘의 딸뿐만 아니라 엄마이자 아내에게도 집이 아슬아슬한 가장자리다. 철없는 아비만 젊고 싱그럽다.

가끔 생각하곤 한다. 첫 자리, 첫 거절, 첫 사랑, 첫 상실, 첫 탄생, 첫 죽음. 그 무수한 첫 자리, 그 셀 수 없는 낯선 처음. 기쁨이자 축복이고 부담이자 저주인 그 첫. 자칫 태어나지도 못하고 사라질 수도 있었을 이 첫 시집에 대해서 시인은 막상 조금 쑥스러워하는 것 같다.《맏이》는 담대하고 발랄한 색깔이 어우러진 퀼트인데, 고백시파의 아류로 너무 쉽게 재단하는 것은 비평의 무감한 폭력이다. 〈노예선〉 같은 시는 글릭이 미국을 만든 역사의 죄의식에서 자유롭지 않다는 걸 보여 주는 드문 시고, 1960년대 미국의 문화사적 풍경, 가족 관계 안의 내밀한 갈등들과 힘겨룸이 실감나게 그려진다. 낙태를 이야기하든, 상실을 이야기하든, 고부 갈등을 이야기하든, 모녀 혹은 고부간의 연대를 이야기하든, 역사와 문화를 이야기하든, 시인은 어느 정도의 거리감을 가지고 마치 이 신산한 생을 미리 다 살아 버린 사람의 시선처럼 멀찍이서 이야기한다. 밝음보다는 어둠을, 기쁨보다는 슬픔을, 연대보다는 고립을, 행복보다는 불행을, 탄

생보다는 죽음을, 성취보다는 상실을 더 오래, 많이 바라보았다고
해서 시인은 그 어둠을 큰 목소리의 울음으로, 절규로 내지르지 않
는다. 불행을 바라보는 시인은 오히려 처연하고 냉정하다. 냉혹하리
만큼. 상처는 예리하지만 붉은 피가 흐르는 대신 딱지가 앉은 모양
새다.

시인은 상처를 만나려면 그 첫 시집을 읽어도 되지만 굳이 읽지
않아도 된다고 인터뷰에서 말하는데, 시인의 조심스런 겸손과 달리
첫 시집《맏이》는 글릭이 이후에 보여 주는 방대한 시 세계의 밑그
림을 날렵하게 포착하게 한다. 그 점에서 "자기 이십 대에 가장 큰
재능을 선물 받은 시인"이라는 어느 비평가의 말은 맞다. 세계의 비
참과 절망, 상실과 어둠을 응시하는 시선, 그러면서도 굳건하게 견
디는 태도를 간명하고 절제된 언어 안에 녹여 내는《맏이》는 글릭
의 '첫' 맏이다운 시집이다. 서투름이 아니라 용기와 굳건함으로.

1995년에 초기 시집 네 권을 묶어서 펴낸 시집《첫 시집 네 권
1962~2012》(The First Four Books of Poems 1962~2012)에서 글릭은, 초
기 시를 고치지 않고 그냥 내면서 첫 시집에 대해 "쑥스러운 애정"
을 품고 있다고 말한다. 연달아 계속 나온 시집들은 일종의 "너무
많이 규정하는 한계들"(too-defining limitations)에 대한 나름의 응답이
었다고 말한다. 이 시집의 짧은 작가 노트에서 글릭은 시집《맏이》
의 시들에 대해서 "민망한 다정"(embarrassed tenderness)이란 말을 하면
서, 예전에 쓴 시들이 마음에 들지 않더라도 다시 고치는 건 내키지
않는 일이라 한다. 아마도 뒷 시집들에 비해서 큰 주목을 받지 못한
'맏이'의 운명에 대해서 지우고 싶은 부분을 수정하지 않고 있는 그
대로 계속 내보이는 것이 '첫'에 대한 시인의 애정을 확고히 하는 말
같아서 나는 그 부분이 참 와닿았다. 모든 '첫'은 그 자체로 의미가

있다. 젊은 날의 자기 언어를 수긍하는 시인은 '첫'을 '첫'으로 인정하면서 맏이의 권위를 그대로 묵직하게 부여하고 있는 것이다.

　미　　　국 시사에서 자기 시를 다시 쓰기 한 시인들이 제법 있다. 휘트먼(Walt Whitman)이나 매리언 무어(Marianne Moore) 등은 기존의 시들을 다시 쓰기 하면서 평생을 보냈다. 그 수정 과제 자체가 시에 대한 시인의 태도를 말해 주는 것이기에 수정 혹은 개고는 그 자체로 흥미로운 연구 주제가 되기도 한다. 과거의 시들이 다 마음에 들어서가 아니라 자기가 첫 시집을 쓸 때 시를 추동한 마음에 접근하는 것이 불가능해졌기에 시를 고치지 않겠다는 시인의 고백. '첫'을 대하는 시인의 진솔한 고백은 시간이 지난 일을 반추하고 바라보는 어떤 견고한 자세와 닮아 있다. 그래서 나는 번역가이기 전에 시의 독자이자 연구자로서 이 첫 시집을 글릭의 그 수많은 자식들 중에 너무 늦지 않게 번역하고 싶었다. 그런 이유로 글릭의 시를 소개하는 첫 다섯 권의 묶음 속에 이 시집이 들어가게 된 것이 참 다행이다 싶다.

　시인의 첫사랑, 어설프고 외롭고 고단하고 상처 많은 첫 아이, 스물여덟 번이나 거절당하고도 시인이 포기하지 않고 세상에 내민 이 《맏이》를 나는 사랑 없는 세상에서 부르는 간곡하고도 아픈 사랑 노래로 읽는다. 시간을 버텨 낸 시들은 변해 가는 삶 속에서 변하지 않는 어떤 마음의 생채기를 새기고 있는 증언일 터, 그렇게 글릭의 첫 시집 《맏이》는 '첫'의 무게를 지니고 우리 앞에 와 선다. 비록 아픈 목소리들로 가득한 시집이고 이후의 시집들 속에서 무관(無冠)의 시집으로 남은 맏이건만, 나는 이 첫 시집에서 글릭의 시 세계 전체를 예견하게 하는 담대한 버팀의 목소리를 읽는다. 위대함의 씨앗은 처음부터 완결되고 빼어난 맵시를 자랑하는 게 아니다. 한 시절의 거칠고 아픈 속살을 저며 내는 시의 언어는 그 자체로 펄펄 살아 있다. 각별한 글릭의 '첫'에게 역자로서도 각별한 애정을 보내며, 많은 독자들이 이 시집을 읽으면서 위대함을 낳는 것은 어떤 돌발적인 천재성이 아니라 일상을 버티며 응시하는 비범한 견딤의 시선이라는 것을 알게 되기를 희망한다.

이 모든 시절 뒤,
생생한 색으로 돌아오는, 사랑.

_〈동트기 전 내 인생〉 중에서